A Cesc, María y Matilde,
y a la Isla de Menorca

La Luna de Juan

Carme Solé Vendrell

hymsa
Grupo Editorial

Juan vive feliz con su padre.

El padre de Juan es pescador. Siempre sale a pescar por la noche.

Mientras tanto Juan tiene a la luna
por compañera.

Una noche de tempestad, un golpe de mar arrebata la salud del padre de Juan. La salud, como un pez asustado, huye hacia el fondo del mar.

Cuando vuelve a casa, con las primeras luces del alba, ha perdido el color de las mejillas. Arrastra la barca hasta la playa.

Esta noche no ha pescado nada.

Lentamente sube los peldaños de la escalera.

Juan casi no ha dormido esa
noche: la luna no había podido acompañarle
y el viento le daba mucho miedo.

Mientras abriga a su padre, que tiembla
de frío, descubre por qué tenía tanto miedo.

Durante todo el día Juan ha velado
a su padre en silencio.

Hoy la luna ha vuelto.
Juan la mira y llora. La luna le
dice que coja un cesto y la siga:
juntos buscarán en el mar la
salud de su padre.

Juan corre. Sabe muy bien dónde tiene que ir. Tiene miedo. El viento golpea con furia.

El cementerio de los marineros está lleno de sombras y de lamentos. Pero ha de ser valiente y trepar a lo alto del ciprés.

Juan se acerca a la
luna, que ha descendido
suavemente hasta encontrarse
con él, y la coge entre sus
manos. El cementerio se inunda
de luz. Juan se acuerda de
todos los que allí descansan.

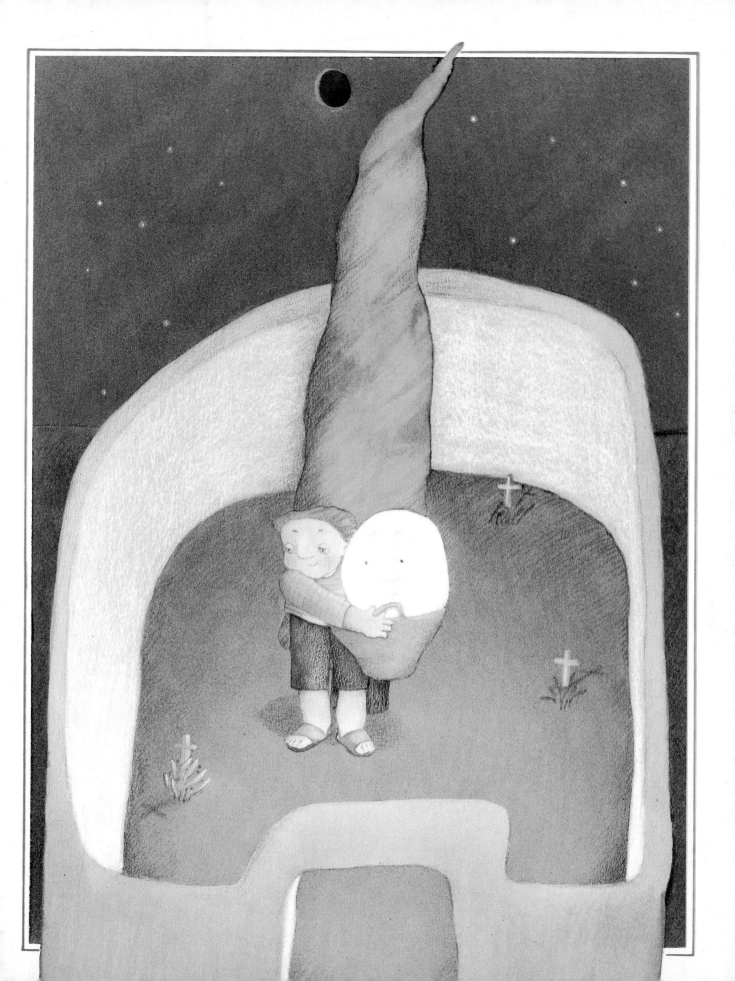

La luna es como un faro. Todo lo ilumina a su paso. Hay que darse prisa, la noche es breve y cuando llegue el alba será ya demasiado tarde. Las rocas son cuchillos y lanzas que el agua va afilando con paciencia a lo largo del invierno. Las gaviotas se despiertan malhumoradas y chillan como si quisieran quedarse sin voz. Los árboles y las rocas que Juan tan bien conoce, le parecen ahora amenazadores gigantes. Pero la luna le infunde valor.

El viento amaina un poco. Ahora hay que llenar los pulmones de aire y bajar hasta el fondo del mar. La noche empieza a sentir que el alba se aproxima. Bajo el mar, en el fondo de una cueva, un enorme pulpo juega con la vida del padre de Juan entre sus tentáculos.

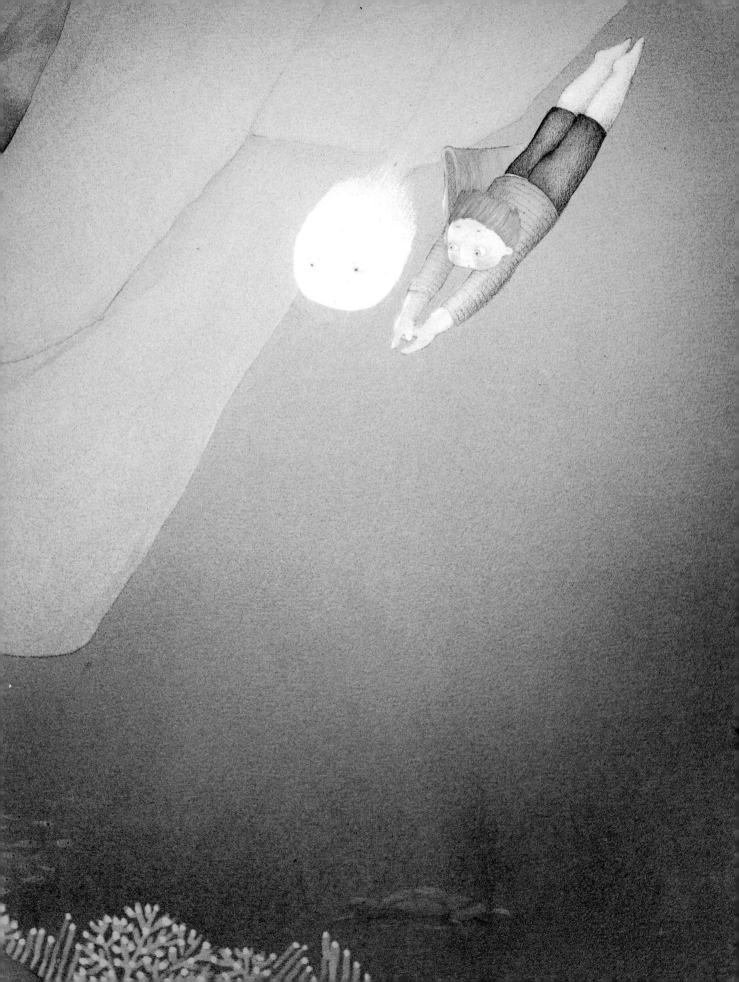

La luna es un gran globo de plata y el pulpo queda deslumbrado. Entonces la bestia prefiere la luna y trata de atraparla. Pero ella concentra toda su luz y el pulpo queda sin vista y sin aliento.

El viento, ahora mimoso y buen amigo, lleva a Juan a su casa. El mar respira tranquilo. La luna sube, poco a poco, cielo arriba.

Juan extiende
los brazos hacia su padre.
Los colores le vuelven a las
mejillas, como dos rojas
flores.

La luna, desde el cielo, sonríe.